AF450106

Davide Calabrese

I DIARI DE SIORA JOLE

White Cocal Press

In copertina
Disegno di **Carlotta Zanettini**

Direttore editoriale
Diego Manna

Monologhi video tratti dagli spettacoli *"Pronto, Mama?"*
e *"Ottantena - Stand Up Comedy Show per Signora e Ma-
scherina"*, con **Ariella Reggio** e **Anselmo Luisi**
Testi e regia di **Davide Calabrese**
Produzione **Teatro Stabile di Trieste "La Contrada"**

Edito da
White Cocal Press
via Biasoletto 75
34142 Trieste
manna@bora.la
www.bora.la

Prima edizione: novembre 2021
ISBN 978-88-31908-80-1

*Ad Ariella Reggio.
Un'anima umile e generosa
che sa illuminare Trieste
meglio di Piazza Unità.*

PREFAZIONE

Questo libro è nato da un paradosso, che coincide con un'assenza. La Debegnac è un personaggio delle Maldobrie a cui la geniale coppia Carpinteri e Faraguna non ha mai dato voce. Sempre assente fisicamente seppur ingombrante e ossessiva, nonostante questo è entrata prepotentemente nel nostro immaginario. Ma è stata la geniale intuizione di Davide Calabrese a darle corpo e voce, affidando i monologhi all'unica triestina che l'avrebbe abbracciata con affetto, comprensione e quel pizzico di cinismo che ce la fa amare tanto.

L'ideazione dello spettacolo che contiene questi monologhi, "Ottantena - Stand Up Comedy per Signora e Mascherina", realizzato da La Contrada, è nata durante la pandemia, un momento di sofferenza e paura, isolamento e inquietudine. Non ho avuto dubbi nell'accogliere la proposta di Davide, da produttrice ho sentito che la figura di questa anziana, pardòn, diversamente giovane, era importante e metteva in primo piano senza pietismi e luoghi comuni la parte di società più fragile

e colpita dal virus, quella che ha pagato il prezzo
più alto in sofferenza e morte. Lo faceva da pro-
tagonista, orgogliosamente al centro della scena.
Ariella era in un cono di luce che la illuminava e
un giovane musicista, Anselmo Luisi, le faceva da
specchio e, come da tradizione, da spalla comica. A
ricordarci che gli anziani sono la nostra memoria,
il nostro futuro (sperando ci attenda!) e non sono
sacrificabili.

Durante il mese di settembre eravamo in pro-
va, in corsa contro i dati dei casi in aumento: una
scommessa, un tiro di dadi, ma il primo di ottobre
abbiamo debuttato. Un successo insperato data la
situazione, dove si rideva e ci si specchiava nell'os-
sessiva ripetitività dell'unico argomento che occu-
pava la mente e i cuori. Ma c'era molto d'altro in
scena: la forza e la resistenza che le donne triestine
sanno trasmettere con lievità e ironia e la magia del
Teatro che, come un abbraccio, univa il palco a noi
spettatori in attesa di una rinascita che si sarebbe
fatta attendere ancora.

LIVIA AMABILINO
Presidente de La Contrada
Teatro Stabile di Trieste

4 MARZO 2020

Caro Diario,

marzo, de nome e de fato.

El dotor stamatina el se ga strassinà su per le scale col solito brio, el me ga visità de novo le tonsile e stavolta el me ga ordina' de no moverme de casa. Sule prime me son preocupada.

Sì perchè no'l xe un che conta floce: xe bravo lui, giovine, el vien sempre fin su in casa e, devo dir, cocolissimo: el fa tuto, anca el clistero.

"E cossa xe 'sta nova che devo star casa rintanada?"

"No la ga visto che i ga serado le scole?" el me ga risposto metendose indosso quel'aria de cagamiracoli che se meti su tuti i dotori co te ghe fa una domanda.

I entra come un s'ciopo in un novo personagio: i alza el mento e ogni frase che i peta i la lassa sospesa come a dir "... servi che vado avanti?", "te vol che femo balini?", "te vol visitarte solo?".

Che permalosi, ara!

"Bon, bon, bon... va ben! Se i sera le scole volerà dir che no me moverò de casa!"

A dir el vero no me xe ancora ciaro perchè se la Bergamas sera, devo serarme a casa anca mi che la go finida nel '48. Ma va ben, no discuto.

"Capimose ben, siora Jole: no so ben quando la poderà 'ndar fora, ma intanto che la speta 'sto nulaosta, ghe consilio de tignir impegnado el zervel: engimistica? La fa?"

Che bruta notizia. Anagrami e solitari no me ga mai piasso.

"Dotor, mi quele robe no fazo, va ben istesso se me meto a scriver un diario?"

Senza gnanca girarse, dala tromba dele scale el me peta un "... la fazi come che la vol Siora Jole. Meo che gnente!".

No'l me pareva convinto, ma xe el massimo del compromesso. E alora ecome qua co' 'sto novo diario. "Scrittura Creativa" diria la muleria de 'desso fazendo i fenomeni.

Scriverò un diario per zercar de passar el tempo serada casa. A dir el vero in 'sti quatro muri no me son mai 'noiada. Ultimamente po, serada qua come un caperozolo, fazo robe 'sai interessanti. Sposto la roba da una parte al'altra. Dopo no la trovo più e alora torno a zercarla... e intanto passo el tempo!

E po scolto la radio...

No, no. Nissun notiziario. L'unica roba, quela sì, ogni giorno, puntualissimi ale sie col "Boletin dei novi contagi". Numeri, percentuali... capisso poco de quel che i disi, ma quel che so xe che el capo de la Protezion Civile xe un bel mato.

Dopo cambio canal e per darme coragio zerco l'oroscopo. Ieri i ga dito che el segno favorito nel duemilaventi xe el segno dela crose.

Inquadra il QR code per
vedere il primo monologo
di Ariella Reggio

Caro Diario,

stamatina davanti al notiziario son andada in confusion. Pareria che el presidente dei Tramp el gabi dito che el COVID xe una bufala.

Robe de mati, e pensa che el xe stado anca votado! Xe sonai quei. Te vedi cossa vol dir votar solo una volta? Basta una distrazion, una X messa a caso che subito te se trovi a comandar un cofe cola cravata rossa.

E tanti de noi ancora a dir "... dovessimo votar come i Americani!". Balotagi, scrutini... i americani no i sa cossa vol dir. Basta una preferenza e fato el lavor!

Tuta l'America, co xe le elezioni, la va a votar ala "Casa Bianca", altro che la scola Media de San Luigi. Giuro! Ogni american el se porta drio la matita de casa e va a far la X propio dentro la "Casa Bianca" (in inglese "*Casablanca*"). Un palazo belissimo, tuto bianco. Sedie bianche, muri bianchi, marmi bianchi. Altro che noi, lori sì che ga piture! Noi,

Pompei la gavemo piturada coi bianchi del'ovo, xe ciaro che la vien zo a tochi!

Anca per sto virus, per esempio, andassi fato un referendum. Sto virus xe un rebus! Sì, un bel referendum sperando che se rivi finalmente a un quorum. No che no stago scrivendo per inglese!

"Referendum" no xe inglese, xe latin!

"Quorum" xe inglese.

A proposito de quorum, i ghe ga trova' mal de cuor a Sior Scamperle, povereto.

Caro Diario,

sta roba del diario me ga ciapà la man tra un Canale Cinque che 'conta de una Lombardia che diventa "zona rossa" e una Rai Due che mostra i 'taliani che cori in stazion cole valigie per scampar del Nord. Chi gavessi mai dito! Ani per farse assumer e un dopopranzo per scampar.

A dirla tuta anca mi go fato scampar un mato ogi dopopranzo. No'l gaveva valigie, ma el girava con un can maron grando al guinzaglio.

"La scusi sior, dove la abita lei?", ghe zigo del pergolo.

El me fa: "Qua de drio, siora: in via Donandoni..."

"Bon," ghe go dito, "... alora la porti el suo can a cagar in via Donandoni!"

Mi son amante dele bestie, però qua de noi, tra i auti sui marciapie e cani grandi come mussi, ghe vol far el slalom gigante tra le cache.

El se la ga un fià ciapada, ma el xe filà de corsa... picio, tracagnoto ma con quel bestion. Un de quei... un Doberdan el gaveva!

Ghe go telefonà e ghe go dito tuto al'aministrator. Che el meti un cartel, che el fazi qualcossa…
ma coss'te vol? Quel xe un caìa! Co'l varda la messa per television, el distuda al momento del'oferta!
Co el vedi el furgon del'idraulico soto casa sua el spera che la moglie gabi l'amante!

Caro Diario,

Pepi Conte ga dito che l'Italia sarà "zona proteta". Dita cussì par un dopio senso a favor dele done, ma in verità vol dir che saremo tuti sicuri, che doveremo zigar tuti ale sie dal pergolo "Io resto a casa". Ogni giorno. E zigar forte, eh?

Insoma "Esser in Locdàun" i lo ciama lori. "Esser selvadighi" lo ciamavimo noi.

Ma se poderà andar almeno a far la spesa? A pensarghe ben quel marantigo de dotor me ga proibì de moverme 'sai prima de Conte! Una vita che no fazo due ciacole con Loredana la cassiera. Chissà come che la sta, serada in SuperMarket coi guanti, la visiera, la mascherina... poverete le comesse, a tu per tu col virus ogni zorno, altro che noi qua a casa comode, a vardar television.

E co ciapa fame? Ghe xe le App, cossa ocori moverse? Co sento dir "semo in guera!" me vien 'sai de rider. In tempo de guera no te ordinavi per asporto! No te ordinavi propio, i ordini i te li dava i altri!

Xe belissimo 'desso, altroché: co go fame verzo el telefono, struco do botoni e scrivo: "Calandraca per asporto". Fato el lavor. Meza ora dopo sona la porta ed ecola qua: 'pena fata, bolente, cota in tel struto... roba de no creder!

Sta specie de postini i riva cola bici e col zaino zalo con su scrito "Glava". Che dita miracolosa, la te porta de tuto. Ghe somiglia a quel'altra che te porta le scarpe: "Zinzolando".

L'altro giorno po, finì de magnar, iero dura de fredo e prima de andar a dormir me son messa a zercar el plùzer.

Ripostiglio, sofita, armadi e gnente. Chissadio dove lo go imbusado coi primi caldi de magio. No perchè xe mio, ma sarà quaranta ani che le mie amiche me invidia el plùzer. El mio no xe come i altri. Bel, de zinco, col tapo a vida duro, insoma, un plùzer classico nela forma, ma dificile de trovar nela sostanza.

Roba che gnanche el strazariol de Borgo Teresian. Se te gavessi le gambe, caro Diario, te podessi provar. Te sfido a entrar del rigatier, domandarghe de un plùzer e veder come te torni casa gobo. Ben che la te andassi el mato te varderia come un baluba.

E insoma gnente, go rivoltà casa ma gnente pluzèr. L'unica, 'rivadi a quel punto, iera quela de ciamar mio fio.

El mulo ga verto el computer, el ga strucà do botoni, el ga scrito COMPRARE PLUZERO e fato el lavor.

El toco me xe rivà in 48 ore drito casa, bel, de zinco, col tapo a vida, duro come un comato. Roba de no creder. Tuto grazie a quela App... "Stramazòn". Favolosa, i te porta tuto fin su casa. E i sona el campanel!

Ore due de dopopranzo, prima el scampanela e po el mato me fa al citofono: "Stramazòn, la me verzi!".

"Strafanic", piutosto, ma "Stramazòn" no me gaveva mai ciamado nissun. Poco mal, ghe verzo e lo speto in pianerotolo. Riva su un dei RIS de Parma: maschera e guanti lu', maschera e guanti mi... me pareva de esser a un duelo tra artificieri!

"Stramazòn! La Signora Jole?"

"Son mi, son mi... ma no capisso ben chi te son ti!"

Italian, pareva italian, anca un bel mulo.

"Vien su qualche scalin, ma fermite a metà rampa!"

Per fortuna no el gaveva tatuagi, go vardà' ben, senò no ghe verzevo!

"Desso lassilo per tera e dopo te pol andar."

El mato, dopo gaver pozado delicatamente el pacheto sui scalini, el se rialza tinindo le man alte, come un bandito.

"Posso andar siora?"

"Va. E veloce, che son anziana e no posso star fora de casa."

El ga 'tacà a corer. Vista la scena de fora parevimo due sempi. Mi picia e palida vestida de astronauta e lu' scuro de pele, rizo, alto.

No, no iera extracomunitario, figuremose... saria stado el primo vu' cumprà che vendi plùzer!

Inquadra il QR code per
vedere il secondo monologo
di Ariella Reggio

12 MARZO 2020

Caro Diario,

per television stamatina iera el spetinado de Al-
bion' col cognome del bagnoschiuma. El mato ga
dito de rassegnarse al fato che doveremo veder tuti
i altri 'malarse prima de 'rivar al'"imunità de gre-
ge".

No go capì cossa el vol dir, ma mi no fazo grege
co' nissun. Mi go l'ordine de no veder nissun, de
no verzer la porta de casa.

Son sola, go una guantiera de gerani de inafiar
ogni giorno e no go nissun in caso che me sucedes-
si qualcossa. Altro che 'malarme. Vedo ogni tan-
to qualchidun sule scale, tipo Isolina la veceta che
abita soto de mi. Cussì selvadiga, povera, che 'pena
incominciado el Locdàun el can xe torna' solo in
canil.

Mi e ela gavemo un'amicizia basada sule urgen-
ze: se sonemo el campanel solo se propio no ghe xe
altra soluzion. E spesso gnanche se verzemo la por-
ta. Visto che semo pice e no 'rivemo al cucherle,

nei ani go escogità una specie de codice col campanel. Perfeto pei selvadighi.

Se fazo due soni curti e un longo... "ta, ta, taaa", Isolina la capissi, la verzi un poco la porta e la me dà un ovo. No cori parlarse.

Se fazo invece un longo e due curti... "taaa, ta, ta", la veceta verzi la porta e la sa za che me servi el zuchero.

Certe volte me domando come che le me vien inamente!

Penso, dunque SONO!

16 MARZO 2020

Caro Diario,

siora Visintin giovedi me ga dito che suo fio farmacista el legi tipo un Bugiardello dei scienziati, che lori i ciama "Saiens". Ultimamente i scrivi anca lori solo de 'sto virus. Figurarse.

Bon insoma, propio là sora i ga scrito che no so quale università dela Columbia, dela Colombia o dei Colombi ga scoperto che esisti la categoria dei "asintomatici". Quei che insoma xe malai, ma nissun sa che i xe malai. Gnanca lori per primi.

El problema che dovessi preocupar tuti xe che par che 'sti qua i sia in giro per tuto e anca a massa e 'desso nissun sa chi xe mala' e chi no.

Asintomatici, quei che no ga sintomi.

Sintomatici, quei che ga sintomi.

Automatici, quei che ga l'auto.

Te ga visto, caro Diario, che parolone che te sgnaco fora? Stago diventando meo de un dotor.

E gnanche dir Nidia, mia cugina de secondo grado che la abita a Farra d'Isonzo, stamatina i la ga trovada asintomatica.

Che bela vita la sua, cossa te vol che ghe cambi a ela? A Farra xe come esser in Locdàun dal 1940.

Epur, te dovevi sentirla per telefono! La zigava, tuta preocupada, ma miga per ela... per mi! Sì, perchè la iera vegnuda a cior cafè qua a casa a inizio mese e 'lora la me ga ciamado terorizada de gaverme contagiada.

Che sempia. Quanto go ridù.

Figurite quela se la legi "Saiens".

Ghe go dito de star tranquila, e che no xe possibile el contagio.

"Nidia, prima bisogna vardar ben el DNA, miga te pol contagiar parenti se no te son del'albero ginecologico direto!"

La go lassada senza parole.

Furlani po.

17 MARZO 2020

Caro Diario,

son sempre a casa, dove te vol che vado?

Povere vece, povere che semo, ne resta solo che scriver su 'sto tacuin.

Xe za do setimane che son qua in sti quatro muri e, se devo esser sincera, pensavo che ala zente, una volta serada in casa, ghe squilassi de più al telefono.

Inveze gnente, el mio sona 'sai poco. Insoma 'sai meno de prima, che la Sip squilava ogni quarto de ora. So che no se ciama più Sip, ma visto che tute le robe "vintage" torna sempre de moda dopo venti ani, mi continuo a ciamarla Sip.

Tuti pensa che son vecia e in realtà son più avanti de lori!

"Torniamo all'antico, faremo un progresso", diseva quel.

E po in 'sto periodo me sucedi robe strane col telefono, no xe che anca i ripetitori ga el Covid?

Ieri ale oto de sera, 'sta sempia de corneta, no la sona come una danada? Za l'orario iera strano per le mie abitudini e 'pena son andada a risponder de là tuto zito. Speto e dopo un poco, no sento che xe un che respira?

Pedofili. I ga trovà el mio numero sul'Internet. Per questo no voio far Feisbuc. Pedofili dapertuto. Publico le foto mie, magari in costume a Lussìn e quei i se le scambia. E dopo i te respira per telefono.

Stamatina inveze go fato mi el numero dela fioraia e go sentì do che parlava: me pareva de esser tornada al Duplex! No te scrivo cossa go inteso...

Giovini, sa. Iera mule, dala vose. Mai gavessi volù 'scoltar, no son el tipo... ma ormai, una volta inteso!

Le parlava del "Curatéla Italia", un decreto, anzi un decreto picio picio, un decretin' insoma, che dovessi partir in 'sti giorni e che ne salverà tuti.

Subito el pensier xe andado a mio fio. Son dona, ma prima de tuto son mama!

E son corsa subito a ciamarlo col telefono celulare, se se riva per una volta a gaver qualcossa dal Governo, perchè lassarghe ai altri?

Gnente. Telefono ocupà. Per ore.

Ale sie finalmente el me ciama lu' e el se meti a contarme tuta una storia che spuzava 'sai de flocia: "... ma mama! Parlavo con Poropat, el pitor!"

Pitor, odìo, nel senso de cusine.

Me domando, mio fio cossa el gaverà de dirse per tre ore con un che de mestier imbianca nape?

Eh, ma a mi no'l me la caza. Inutile che el me conti storie... go capì che el ga la mula.

No Poropat, disevo propio mio fio. El ga sicuro una mula de scondon de su mare.

El pitor xe un suo amico, bravo mulo: cocolo, de poche parole, insoma. Lui e mio fio i xe sempre insieme, i va in sauna a Lìpica anca. Giornade intiere nudi in smoio: cossa no se fa per trovar una mula!

E 'desso serai in casa. Poveri muli che i dovessi star in giro a torziolon, come gavemo fato noi ai nostri tempi. Spensierati. Mio fio, ala fine, el xe un mulo de gita.

El fa zinquantadue 'sto ano.

18 MARZO 2020

Caro Diario,

stasera go visto pel telegiornale le colone de furgoni militari usadi come cari funebri a Bergamo.

Magari par egoista, ma el pensier xe 'ndà de balin sul fato che quei che iera là dentro gaveva l'età mia. O anca meno, povereti.

"Ghe volessi esser prima veci e po giovani per goderse la vita", diseva un che navigava.

Ciapada da un raptus, go deciso alora de sfidar la sorte e de andar fora de casa. Come una volta.

Me imbacuco tuta, bardada con guanti, dopi guanti, mascherina e igienizante e varco la soglia del porton.

Per strada... solo veci. Veci che camina, veci che porta el can, veci che guida, veci che ghe ziga ai veci che guida, veci che cori, anca col catetere. Ma no i doveva star casa?

Giro el canton e eco che 'riva el solito tubo version Tenente Sceridan.

"Siora, per piazer, la mascherina."

"E 'sta fassa che go sula boca cossa xe, agente?", mi son cocola e bona, ma co perdo le stafe...

"No go mai visto una mascherina in 'ste condizioni, siora..."

"La xe nova de paca, 'pena fata cola carta forno piegada col righel e due astici. La Palombeli su Forum la ga dito che fata cussì xe perfeta, cossa no la varda television? Qua dentro no passa el virus, no passa polvere e no passa gnanche l'artrite carbonica ancora un poco. La vol controlar?"

El mato sbufa e po el fa el gesto co' la man come de tirar su la stofa e de coverzerme el naso.

"Se la tien el naso de fora xe come no gaverla, siora..."

E no'l podeva dir prima?

Alzo la maschereta, meto el naso dentro, ma la me se verzi de lato. Desso co respiro me se apana le 'rece. El me gaverà visto? No credo, no'l me varda più. El se fida de noi veci, lu', povero lole.

Qualcossa comunque no va: me inacorzo che el problema probabilmente sta nei astici che i xe moli, o forsi la question xe che le orece xe pice. O sarà el naso che xe grando?

Insoma, in venti secondi go come la sensazion de gaver un coriandolo tacà sui labri. E come se no fussi za 'bastanza per esser le oto de matina, ecola passar: quela pantigana dela siora Finessi del pian de sora.

Sarà venti ani che la vivi sora la mia testa e ogni sera la mata sburta su e zo i mobili del sogiorno. No te digo el casin, par che la fazi un trasloco ogni giorno feriale. E poi in assemblea condominiale, sempre monologhi: la Finessi xe zento lire per farla parlar e un milion per farla star zita.

Ecola là 'desso, tuta fiera. So za cossa la me sta per dir: "... per fortuna che a 'sta ora go za finì le pratiche in Comun, pensavo i ghe meteva de più."

Ogni matina? Ma cossa la gaverà de firmar, i domiciliari? No solo no go nissuna voia de ciacolar, me manca anca quela de saludarla.

Maschereta infilada e musicheta de Moricone. I sguardi se incrocia e se riconossi. Fata la xe. Devo saludarla per forza o va ti a saver cossa la conterà ai altri condomini per i prossimi diese ani.

La question xe: saludo mi per prima? E dove xe scrito? Perchè no esisti un regolamento che regola i "bongiorno"?

Tiro el fià per petar un "bondì" mastigado tra le pieghe dela carta forno e tutintun me inacorzo de quel che mai gavessi pensà... la Finessi tira drito.

Per la prima volta nela sua vita no la me ga riconossudo. No posso creder.

Caro Diario, amico mio, mi no go 'bastanza pagine per spiegarte quela sensazion de solievo. Tipo co i finissi de cantar al Verdi, che scampo fora in scuro, lenta, tuta storta aplaudindo col giuboto soto scaio per goderme la sensazion de libertà. Uguale.

Mama mia che invenzion 'sta maschereta! Una fassa sul muso che la coverzi tuto, meo de una crema antirughe. Drio de 'sto toco de stofa ghe xe un mondo nascosto.

E po la zente la usa nei modi più improbabili. Go visto quei che se meti indosso tre, una sora l'altra e altri che se meti una in boca e due sui comi. L'altro giorno un parlava solo cussì forte che me pareva el provassi el discorso del Premio Oscar.

Sta maschereta, che pareva un impedimento, in verità me ga regalà un sogno: per la prima volta in otanta ani, posso far un'intiera matina per Trieste senza saludar nissun.

No vedo l'ora che finissi anca 'sta storia del metro de distanza, cussì posso tornar a star distante zinque come prima!

Inquadra il QR code per
vedere il terzo monologo
di Ariella Reggio

Caro Diario,

come iera el moto "... goderme casa mia in santa pase"?

I vicini ormai xe tuti ingalai con sti film, filmeti e scenegiati televisivi. A nissun ghe manca el cine me par, dai volumi che sento! Tuti con i televisori che ziga e che me par de esser al Cine Ariston al'aperto. Podemo almeno meterse d'acordo su cossa vardar?

Una notizia però stamatina me ga rincuorà, pareria che Netflics, Yutub e Stramazòn i gabi anuncià un abassamento dela qualità dei film per evitar el sovracarico del'Internet. No so cossa vol dir nel specifico, ma par che i ne mostrerà i film malamente perchè semo in tropi a vardarli. Se go capì ben, i manderà una version impoverida del film. Inveze che "Titanic" con Di Caprio vedaremo "Delfino Verde" con Colautti.

Visto che xe tropi spetatori ve demo roba sgnanfa. No ga senso. Xe come se da un giorno a quel'altro tuta Trieste fazessi gomitade per andar in cine e el gestor del cine, contento del sucesson, el cavassi el schermo.

"Proietemo sul muro perchè semo in tropi!"

Mio fio intanto me ga regalado sto Netflics. Lo go verto per tirarme su de moral e in un dopopranzo me son vista "Virus Letale", "Pandemia Globale" e i "Diari de Chernobyl".

Stago zercando "Passegiata Rilke - el Musical".

Caro Diario,

ogi fazo dopieta. I ga serà i giardini e i ga vietà tuti i sport "... se non nei pressi della propria abitazione".

Ma te sa che propio ogi me xe vignù una voia che no te digo de far sport? De balin.

Mai gavudo voia de fadigar in otanta ani, ma basta che i te 'scondi la cyclette un minuto e subito te 'tachi a pianzer e a scender in piaza pei tui diriti. Assurdo no? Te giuro caro Diario, go voia de corer, de andar in bici e in monopatino.

Go voia forte.

Solo che la xe asintomatica.

C'ERA UNA VOLTA UN CONTE

Iera una volta un Re, anzi no, iera una volta un Conte.

Che po el saria un avocato, ma come per miracolo i lo nomina Conte, governator dela Contea. E lu', Contento, aceta ma con un zerto Contegno.

Ciamar un Conte Conte, non iera sContado e, nei ambienti Contemplai, ossia quei che Contava, se zercava de farlo sContrar in tuti i modi, de solito de sConto.

Lu' però non ghe dava mai Contro e, Contemporanemente, no entrava nela Contesa anca dove el vegniva Contestado.

"Conte xe senza Contenuti!" i ghe zigava. E lu' zito.

"Per Conte se Conta i minuti!" i scriveva. E lu' zito.

"Non te Conti gnente, Conte", ghe fa un giorno el suo aleato, Contestualizando el fato de no esser Conteranei.

A quel punto el Contestador iera scoverto. Conte se alza in pie e, Contestualmente, ga parlà de lu' per un'ora davanti de tuti dandoghe tuto trane che el Contentin.

Conte no xe sta' tanto paziente.

Anzi xe sta' paziente zero.

24 MARZO 2020

Caro Diario,

tre giorni che vardo i corsi de aerobica su Telequattro. No mal se no fussi che per storzerme come la mula del video me son dada un colpo su l'osso rabioso. Fa 'sai mal, ma solo sul momento. Xe come co se se pesta el comio, che prima par tremendo e dopo passa subito: i lo ciama "el mal del marì".

E insoma me son messa un fià de Vegetalumina dove che me dioliva, ma no ga risolto. L'unica soluzion, quela sì, xe stada el Momendiòl. Come disi la publicità "Momendiòl, e in un momento passa el diòl", o almeno me par che fazi cussì.

Inzinganada e co' 'sto novo tiro sportivo, saria stada contenta el prossimo ano de vederme le gare de atletica per television, ma i ga 'pena dito che per via del Covid i rinvia de un ano le Olimpiadi de Tokyo.

A 'sti cinesi, no ghe va ben una.

EL CHAN DE TRIESTE

Xe tanti ani olmai
che son lontan de ti
Vecia Wuhan mia

Quasi un aneto fa
son scampà via de là
in piena pandemia

Ga dito Wang, mio zio
"Vien qua a Tlieste, fio,
te se diveltilìa...

Te pol andal in tlam
A Balcola e Loian
o in cesa folmagin

Qua se copa el vilus con el vin
opul con un panin de coto e klen"
Alola go ciapado l'aeloplan
Vivo da sei mesi in Balbacan
me imbalino solo in via Tolino
e son simpatizante TLT

No scolterò mai più Xi Jingping
No go poltado la peste
Perchè son Chan de Trieste (x2)

No pallo più mandalin
In Calso fazo le feste
Olmai son Chan de Trieste
Fazo un lebechin!

27 MARZO 2020

Caro Diario,

anca ogi no go fato gnente se no vardar la television. In Piaza San Piero, svoda come una canocia, Papa Francesco, parlava solo come un mus. Gnanche un'anima a scoltarlo. Solo un nonzolo vizin col muso de ciapin che el ghe rideva fazendo finta de divertirse.

El Papa, tuto vestido de bianco, el se moveva pian pian tra un legìo pesante e una sedia. Un sediòn de legno e stofa, de grande pregio, model Luigi Ferluga XVI.

Con tuto quel spazio intorno, quei che se ocupa de 'pareciar la messa ghe ga cazà quei do clonzi tacai: 'sai intrigoso. Per 'ndar a leger l'omelìa, povereto, el caminava de sbiego come un un granzo poro.

Sora ala testa i ghe ga cazà un plafòn per la piova, tipo gazebo. E intanto la sua vose ala Julio Iglesias rimbombava nel svodo: "Fitte tenebre si sono impadronite delle nostre vite riempiendo tutto di un silenzio assordante...".

Povero Cesco, tuto tropo zito in Vaticano.

Al Vaticano a San Giacomo inveze no se pol gnanche meter la testa fora de la finestra senza che te tochi cantar el "Nissun Dorma". Cambia Vaticano, Cesco, 'scoltime mi!

Per finir, caro Diario, i ga 'pena dito che ogi, con otantaseimila casi de Covid acertadi, gavemo superado la Cina.

Posso 'tacar a magnar de novo i "edamame" (i bobici verdi cinesi).

Caro Diario,

anca se nel palazo e sui pergoli de paiazade se ne fa tante, me comincia a mancar tanto una serada de svago. Cossa so mi? Un concerto, un film in cine, una comedia de rider in teatro. Come quando ciolevo una sedia al'Auditorium de Tor Bandena. Chissà se i fa ancora spetacoli là.

Prima de tuto sto scandal, le amiche mie andava spesso in teatro, le me anca invitava, ma me fazeva sempre fadiga moverme de casa. Po, se posso esser sincera, in tema de teatri me xe rimasto el teror de le babe ala cassa. Teribili.

Tuto un "Bonasera signora, oh bonasera cara...". Le me ciama "cara", perchè no le sa gnanche el mio nome. No ciamarme!

Le uniche robe che le sa, quele crodighe drio el vetro, xe dove che stago sentada de posto. Le xe interessade solo ala flica!

E po no volemo parlar del tempo? Ben che la te vadi, xe tre ore de spetacolo. Tre ore. Tre ore a zucar l'orecia e a sentir solo quela 'tacada de mi che ciucia bomboni.

Caro Diario, propio ti che te son fato de carta, mai te poderà saver che casin 'riva a far una cartina de caramela scartada pian durante un spetacolo.

El teatro. Me par zento ani che no vedo un! Me ricordo che entravo in scuro e l'unica domanda che me vegniva inamente iera: "Chissadio cossa starò per veder?".

Sì, perchè, in genere no legevo mai gnente sula comedia, tanto nel libreto del teatro i scrivi sempre tuto altro. "Uno sguardo concreto ed introspettivo sulle dinamiche di coppia..." e dopo te se trovavi sul palco una in combinè che ghe coreva drio al marì col mestolo.

Una volta per far un bon spetacolo bastava due batude, no sporche per carità, e un per de bone canzoni, quele de co ierimo fioi. Un scenario bel, cartonato possibilmente, tipo "Cantando soto la piova". Come quei che se vedeva in Cine.

Anca i film iera altri film, inutile che se la rememenemo! Quel bel bianco e nero, tavoli pieni de siampagna, crociere e marineri: Fernandèl con Ginger e Rogers. Tuto franco i gaveva!

Ani fa me ricordo che i doveva dar in alegato col Bugiardelo le videocassette dei veci filmeti Musicali, ma dopo el diretor ga preferì el calendario de Miss Italia in mudande.

Musical. Solo quei vardavo... ma no quei italiani con Bobi Solo! Quei iera Musicareli, solo miseria, canotiere, biciclete e brodo de bechi. E po loooooonghi.

Go sempre dito mi: i film i dovessi durar tuti almeno diese minuti in meno. A prescinder. Anca quei tipo "Per chi sona la campana". Anca se Ghery Koper iera un bel mato.

Dovessi esser bel el libro inveze. De Eminguei, me par. Sior Scamperle inveze disi che Eminguei iera un povero lole che scriveva solo che de tori. Eminguei. Go comprà el libro eh? El xe là impolverà, sora a quel de Suor Germana. Lo go provà anca a verzer, ma coss'te vol... za no me ga piasso el film, cossa coreva che legessi anca el libro?

5 APRILE 2020

Caro Diario,

a novantaquatro ani, la Regina Betti la ga parlado a sorpresa dal suo castel! Per television i ga dito che in sessantaoto ani la vecia ga parlà solo zinque volte.

Co la go vista tuta bela sul divano me xe fin casca' la guantiera col cuguluf: me disi sempre mio fio che go le man de cacabus, ma stavolta 'pena la go vista ala sua età tuta bela soridente me ga scominzià a bater el cuor. Xe l'unica dona che me fa sentir una muleta.

La se ga messo di fronte ala telecamera e la ga dito: "... se resteremo uniti vinceremo!".

In lingua de albiòn iera tipo "Unitas vinculorum!". Credime, iera cussì! L'albiòn crudo cussì par serbo. D'altra parte i inglesi xe una vita che i coloniza l'oriente. E la Serbia dove la xe? No la xe a est? Pensar che iera tuta roba nostra al'epoca dei Romani.

I albioni a quel tempo i girava col muso piturà e l'anel in tel naso e invece noi italiani fis'ciavimo ale mule col borsalin in testa.

Noi italiani gavemo sempre savù conquistar le robe, ma no savemo tignirsele. Go sfogliado un libro de storia belissimo ieri sera e solo a vardar le cartine geografiche fazeva impression: l'oriente iera per bon tuto nostro al'epoca de Tarquinio il Serbo...

Ma vara ti se a otanta ani una, per superar el Locdàun, devi rimeterse a studiar storia e geografia.

'Desso 'sti giovani xe tuti laureadi, centodieci e lode, bacin soto el vis'cio e apena xe de saver la capitale del Molise ghe va i oci in crose.

La muleria studia, ma una volta finido scola i xe tuti 'noiadi che ghe basta un posto de camerier a Grado e un tatuagio sul cul. Tuti uguali. Co te ghe zerchi de spiegar come va le robe, i se stufa e i fa finta de esser sempi.

Quei xe pigri, ma i xe furbi. Un furbo pol diventar sempio in qualsiasi momento, xe el contrario che no xe possibile.

Epur questo xe el futuro che avanza, la "Giovine Italia". A pensarghe ben no so se xe de star tranquili. In 'sto paese co le parole finissi in "Italia" porta sempre sempre pegola.

Equitalia, Alitalia, Trenitalia, Cura Italia...

Caro Diario,

ogi xe un giorno de speranza. No, el Ministro Speranza no c'entra, parlo de la speranza, quela che, secondo el proverbio, dovessi morir per ultima o far de lassativo.

Insoma par che a Wuhàn sia finalmente finido el Locdàun dopo otanta giorni. Tuti tornai ala normalità, involtini primavera e sakè per tuti. Tuto come prima (sempre se i se ricorda de come che iera prima).

Qua in Italia intanto le conferenze stampa dele sie de pomerigio no vegnerà più fate ogni giorno, ma solo lunedi e giovedi. Una rivoluzion, e un poco me dispiasi, digo el vero. Me iero abituada (al di là che no iera altro de veder!) e me impiniva el bagagliaio culturale.

Iera un modo per sentirse meno soli, oltre che iera l'unica roba italiana veramente puntuale dopo le rate del mutuo. Confesso che fin me petinavo ogni giorno per Borrelli, quando el me vardava dal schermo con quel'aria de Protetor Civile.

Che bel omo, coi cavei bianco zuchero, col ma-
ion nero pel de bunigolo. Elegantissimo.

Ogi el me ga 'diritura fissà col mezo soriso, el ga
ciolto el microfono e el ga dito: "… le conferenze
stampe vegnerà sospese definitivamente el trenta
de aprile".

Cioè, in italian el ga dito, no in triestin. El tren-
ta finissi tuto, disi lu'. Mi me sa inveze che per me-
ter tuto a posto ghe volerà dai dodise mesi a un
ano…

Caro Diario,

"la competenza no xe facile spiegar, ma xe facile de riconosser", diseva sempre Sior Libero, drio el bancon de l'osteria.

Stamatina, per esempio, son stada ferma meza ora a 'spetar al'entrata dela Coop. Meza ora tuti imobili per i controli, gnanche ala dogana dela Jugo. Al trentunesimo minuto son sbotada, go vardà in tei oci la comessa e con una man ghe go ciapado el polso.

"Signorina," ghe go dito, "... per forza no la riva a misurar la febre ala zente se la dopra la pistola del codice a bare!"

"Son l'adeta!", me fa la squinzia, "Se i me ga messo qua vol dir che go le competenze per farlo!", la me ga risposto, cocola come un sorzo.

"Adeto" se diseva una volta, dopo el Covid me par che no esisti più adeti de gnente. Tuto xe cambiado, o perlomeno tuto ga gavù el dirito de cambiar radicalmente.

Finida l'era dela competenza, Sior Libero mio, in un qualche modo semo ormai tuti adeti e esperti in qualcossa. Tuti liberi de informarse soli. Tuti quindi nissun.

Oltretuto, una volta superada la comessa laureada al'Università dela Vita, competente ed esperta in chissadiocossa, no xe che dentro la Coop la vita migliori.

Xe un mese che go in frigo robe che no gavessi mai voludo comprar, perchè dentro al negozio co' la mascherina me se apana i ociai e no vedo più un boro. E poi ieri ala Pam... che ansia!

"Dlin dlon. Gentili clienti, ve informemo che el tempo massimo per far acquisti xe de diese minuti. No un minuto de più!"

Son tornada a casa, con el botin magro de do scatole de ciocolatini e mezo chilo de sardoni.

Co vado comprar i fruti, gnanca parlar... no ghe meto mai meno de quaranta minuti.

Trentazinque i me va solo che per verzer i sacheti coi guanti!

24 APRILE 2020

Caro Diario,
una notizia bela e una bruta.

La bela xe che Boris, el fio de Tramp, capo dei albioni, xe guarì e sta ben. El iera più de qua che de là per via de 'sto Virus maledeto!

Quela bruta xe che i americani xe 'ndai in piaza per protestar contro el Locdàun. Tuti cole armi 'rabiai a far guera contro le mascherete. E Tramp, el pare de Boris, tuto contenton el xe d'acordo con lori. Con quei che protesta! Robe de mati!

"Propongo de butarghe in tele vene dei maladi de Covid disfetante puro, te vederà come che passa!", el ga dito in american.

E come che el rideva davanti ale telecamere. Tuto rosso come un che ghe sta per ciapar mal de cuor. Per mi no'l sta ben cola circolazion...

Odìo, no go gnente contro i infatuadi, ma me domando: co'l fa cussì el xe serio o xe un problema de ossigeno in testa? No go dito ossigeno nei cavei, parlo propio de zervel.

Ogni volta el disi tuto el contrario de tuto, el me par come la Pandora, meza dentro e meza fora.

Prossima volta, americani miei, che buti un Presidente dona... vedarè come cambia le robe!

Figuremose, xe zinquanta ani che spetemo anca solo una dona sula luna e gnente! Solo omini pol caminar su altri pianeti! Te gavevi mai pensado, caro Diario? Nissuna donna ga mai messo pie sula luna. Giuro! No pretendemo de 'ndar su Marte, per carità, domandemo solo la luna!

No capirò mai, caro Diario. No capirò mai perchè "un grande passo per l'umanità" no lo pol far un pie trentasete cola laca sule onge! Forsi perchè davanti a queste ingiustizie una dona no resta mal?

Forsi. In efeti una dona no se la ciapa. Una dona ga pazienza. Cussì tanta pazienza che i me ga ancora de spiegar perchè per primo i ga mandà sula luna quel Louis Armstrong. Basta che sia omini i pol andar tuti. Anca i trombetieri.

Se i gavessi manda' una mula, i gavessi fato bingo: noi done gavemo mile risorse, gavemo senso pratico!

Per esempio, metemo caso de trovarse propio su un'astronave. Nassi una magagna... cossa so mi? Se svida un bulon dela navicela; un de quei grossi che tien su tuto. Femo finta. A un certo punto taca a sonar la spia del'alarme. Tuto rosso. Panico.

Imagineve de esser soli, là in mezo. Nel svodo planetario.

Un mas'cio saria andà subito in oca.

Ma una dona no! Una dona ga sangue fredo, una dona ga metodo! Una dona miga se agita!

Una dona ciol la radiolina, la fa un respiro profondo e la ciama Iuston...

DIALOGO TRA UN IUSTON
E UNA DEBEGNAC

"Iuston gavemo un problema..."

"Capitano Debegnac, la sentiamo forte e chiaro!"

"No so ben cossa xe nato insoma, ma me par che no sia gnente ben..."

"Capitano Debegnac, descriva la situazione in modo chiaro e conciso."

"Ciaro e conciso, sì, però capimose Iuston: no xe una roba 'ocio de soto'. Insoma... come dir, me comincia a ciapar ansia. Son a zinquemila chilometri da... no, sarà diesemila chilometri... anzi, fa venti... venti tuti!"

"Non possiamo perdere tempo, Capitano Debegnac, ci parli dell'emergenza!"

"... xe quel che stago fazendo! Iuston, te me lassi parlar?"

"Capitano, forse è un guasto alla valvola di pressurizzazione?"

"No, lassa star."

"Capitano, cosa le prende?"

"No go gnente..."

"Un guasto al motore?"

"No. Gnente."

"Una perdita di carburante?"

"Gne-nte."

"Problemi con l'avviamento?"

"No go nissun problema, Iuston. Ti te ga problemi!"

"Non si trova? Ha perso le coordinate?"

"Ma lassime perder!"

"Capitano Debegnac, così non so come aiutarla..."

"Se te vol te sa, Iuston. Te sa..."

"Non riesco a capire di che emergenza si tratti!"

"Per forza, mi xe un'ora che te parlo e ti xe un'ora che no te me scolti!"

"Capitano, sono appena arrivati gli esperti per aiutarla!"

"Te podevi 'rivarghe solo. Lole!"

"Mi dica cosa devo fare... devo mandare una squadra in soccorso?"

"Ma te ga capì che no go bisogno più de nissun?"

"Capitano Debegnac, non si faccia pregare..."

"Scolta cocolo, va a pregar in cesa! Maschilista!"

"Maschilista?"

"Maschilista, sì. Una dona capissi co in piato no xe più boba! Una dona ga sesto senso. Anzi, Iuston, sa cossa che te digo? Una dona... NASA!"

Caro Diario,

el quatro de magio 'riva la Fase due! Sarà tipo la Fase uno, solo coi caloriferi distudai.

Tuto contento el mulo Pepi ga dito che in tanti i tornerà a lavorar, che poderemo andar a trovar i parenti nela stessa region e che nele case bisognerà star 'tenti perchè esisti dei parenti che no conossevimo prima ciamadi "i congiunti". No go ben capì cossa sia, ma Pepi ga dito che el spiegherà più avanti. De no gaver furia, insoma.

Stamatina, a dir el vero, me pareva za de caminar per zità un poco meo. Sempre tuti co' la mascherina indosso, ma go visto la zente più tranquila... no so se soridente, ma de sicuro calma.

In via dela Scussa, per esempio, la Siora Blasizza la me saluda, con indosso una mascherina che ghe coverzeva anca el cocon. La go riconossuda perchè con quela gamba fasùl che la ga, xe ani che la camina a paso doble.

Tuta col fiaton drio a quel cagneto. De poco la ga un, picio, tracagnoto, cole 'rece drite e el muso schizà.

Un Buldozer Francese.

Tuto rabiado sto sempio, no so perchè... e devo dir, xe la prima volta che sto rodoleto el me 'baia!

Verzite ziel, la Blasizza, tuta impetida: "Fame un favor solo, Jole: te pol sbassarte la mascherina che senò el can no te riconossi?".

El can no me riconossi? Ma semo sicuri che "... 'ndarà tuto ben"?

Dopo de 'sto episodio, come se no bastassi, xe vignuda a ciorme mia nipote e la me ga 'compagnado a Catinara per un controlo. Tute e do bardade: dopia maschereta, guanti e visiera... Catinara xe pur sempre un ospedal!

Un per de ore dopo semo tornade a casa sfinide, e una volta cavada la mascherina me son inacorta che no iera più ela. Go ringrazià la putela, anca se no so 'ncora come la se ciama. Tanto gentile la iera, altro che el can de la Blasizza. Meno cani e più mule volonterose ghe volessi, za xe piena de bestie 'sta zità. Par che senza cani nissun sapi più a chi volerghe ben.

Su 'sto punto mi son categorica e vado contro corente: a otanta ani son ancora sola, senza cani né gati e son 'sai più rilassada.

Mi so ben a chi darghe afeto!

Ieri go passà tuta la matina a acarezar el frigo.

27 APRILE 2020

Caro Diario,

l'unica roba bela de la pension xe la certeza che qualchedun te pensa ogni mese.

El ventisete, per festegiar, me speta la torta de spinaze fata da Svetlana, una de oltre confin, che me 'iuta a casa una volta per setimana. Sotolineo "aiutante", la badante la ga le vecete. Una signora 'sai cocola e umile devo dir. Come quel che la costa.

Prima de vignir de mi a 'iutarme, la ga lavorà diese ani in un negozio in cavana. Quel dove che i ga "Tuto a un euro". Per bon tuto a un euro, anca la comessa.

Una roba xe de dir, la mata cusina 'sai ben e la fa tuto "vegano". Sì, ma un vegano bon, no quel polistirolo che i fa de solito.

Conosso ben quel che se magna nei catering in giro per Trieste: la prima volta che son andada a un bufet vegano iera solo el prà.

Ma ela no, Svetlana usa le spezie, vegano sì e domacio. Ridendo e scherzando, la me ga fato perder due chili nel'ultimo mese, sto ano farò un figuron al Pedocin.

Per via sua son diventada cussì magra, ma cussì esule, che no me riconosso più.

Caro Diario,

me ricordo che de mula ghe iera un zogheto che fazevimo co' la muleria. Se entrava in una gelateria e se zigava: "Ma la ga Malaga?", "No xe le nosele?" e se scampava fora ridendo.

Se trata de scherzeti, de barufete che se fa 'tacando due parole uguali che le fazi rider.

In 'sto periodo che no go 'sai robe de far, me xe vignù inamente una specie de dialogo ambientado in una cusina triestina.

Ciapando a scapeloti la gramatica, ecote un improbabile sceneta tra coghi (e coghe...) pieni de morbin.

PARE CHE SIANO PARECHÉSI... A NO?

"Fè 'sta festa?"
"Ora de le oradele!"
"Te ga mini tegamini?"
"Con che conche?"
"La me dia la media..."
"Un pomolo un po' molo..."
"Stela, stè là!
"Nose? No xe?"
"L'asedo?"
"Là xe do"
"Su go sugo, almeno uno al -1!"
"... provo la provola?"
"Vecia, ma ve ciama. Un me ga dado un mega dado!"
"Parsuto?"
"Par suto..."
"Vedè i vedei?"
"Ma xe 'Masè!'"
"Lori ga, no, l'origano?"
"Scarse le scarsele..."
"Se meti semeti?"
"No! Le fregole!"
"Le frego!"
"Molè co' le molecole: usè l'usel!"
"La ga Lina la galina, ma la da malada..."
"La me lassa la melassa? La mescola la me sco-
la..."

“E la semola?”

“Eh, la se mola…”

“Lasemola là!”

“… a grumi!”

“Agrumi?”

“Barato lì baratoli, ma go ’n magòn: go ’n fio gonfio…”

“Fa sport o fa asporto?”

“Ga la gola”

“Testar Tè Star o Tè Nero tenero!”

“Anna! Spando annaspando…”

“Ma chi neta la machineta là?”

“Chiamate chi amate!”

“La sventola la sventola, ma la mola la mola”

“Lassavo neta la savoneta!”

“Ma lava mal, Ava? Pelandrona! Pel’androna!!!”

“Percossa! Per cossa?”

Caro Diario,

che bel veder de novo tuto verto: bareti, localini e ristoranti. Go visto finalmente mio fio e tuto senza autocertificazion!

A distanza de un metro, saludandose col comio e co la maschereta, ma lo go visto. Sempre bel el xe, elegante e finoto. Pensa che col bonus del Governo el se ga fin comprà el monapatino.

Tuti fieri i xe rivai in tandem, lu' e l'amico suo cole braghe col risvoltin. In pie su 'sti trabicoli a do riode, a contarme che, visto come xe andà a finir el mondo, xe ora che fazo anca mi la "scelta ecologica". I due xe partidi co' la solita loica che xe solo che colpa mia se xe morti tuti i visoni, se esisti le case col'eternit, se tuti fuma in muso del dotor. Peraltro no go mai fumà in vita mia, ma lori disi che iera per dir.

L'amico de mio fio xe anca tesserado pel "Movimento per el clima", che in parole povere vol dir "ativista de Grinpiss".

Grinpiss: che leta cusì par un efeto colaterale dei asparagi.

E mio fio drio de lu' tuto convinto, che el me disi che presto sarà la sagra de Grinpiss al Ferdinandeo.

"... Guai a ciamarle sagre, mama! Quele xe 'manifestazioni' tuti distanziadi e proteti per la salvaguardia del pianeta! Ara che noi no usemo gnanche più la corente eletrica! Ala manifestazion intitolada 'Maratona pel Pianeta', sul palco gavevimo più de zento bici a dinamo e sora chi iera sentai? Noi volontari che rucavimo come disperai per far più luce! Dovemo star atenti ai sprechi, dovemo salvar el pianeta che no ghe ne gavemo un altro!"

Li go scoltadi fazendo finta de esser interessada.

"... 'Sai bele le vostre teorie ragazzi, ma per esempio su 'sti do monapatini eletrici le dinamo dove le trovo?"

Go iazà l'atmosfera.

L'amico de mio fio, stizido el xe filà via col monapatino zigando: "La me stia ben, signora! La la pensi come che la vol, ma la se ricordi sempre de diferenziar le scovaze, 'stop ala plastica' e W Greta!".

Sempre cagamiracoli quei de Greta.

Che i provi a far la diferenziada a Valmaura.

ANALISI ANTROPOLOGICA DEL TRIESTINO MASCHERATO

Ligio al dover

El mato gira con la maschereta indossada perfetamente, sigilada ermeticamente, copertura naso, boca totale con coinvolgimento de parte del mento, bordi sigilai tipo Bostik.

El "Ligio al dover" el gira per l'Aquedoto bofonchiando tra de lui l'adagio "... noi portavimo le mascherete za ai tempi de Ceco Bepe e nissun se lamentava".

Ansioso

El mato el va da zero a mile.

Nela sua testa la maschereta va usada ovunque: al'aperto, al chiuso, in publico e in privato. Dal giorno dopo el Locdàun el mato no se la ga più cavada gnanca fussi una religion.

Te riconossi l'"Ansioso" perchè el va anca a dormir co' la maschereta ripetendo ai propi familiari l'adagio: "... la sera leoni e la matina tamponi".

Zercalonghi

El mato ga sempre la maschereta indosso, ma el naso xe fisso de fora. El sa che no va messa cussì, ma no'l ga minimamente pel dedrìo la question.

Anzi, xe una sorta de "mia mare cossa?" post Covid: la tien cussì mola solo che per far biava...

Temerario, coragioso, sa benissimo che tignir cussì una maschereta xe come pissar controvento, ma se qualchedun ghe lo fa notar el "Zercalonghi" ripeti stizido l'adagio: "Mi respiro sempre con la boca... problemi?".

Naturista

El mato gira fisso co' la maschereta in borsa, e l'unica volta che la ga usada xe stada solo per entrar in spaceto a comprar l'abronzante. El "Naturista" passa tuto el Locdàun in Costa dei Barbari, sia col fredo e sia col caldo, sconto tra le frasche in slip. Sempre onto come una cagoia e scuro come bacolo, pensandose boba el scrivi ogni matina sui sui Social: "... 'sto virus xe un comploto, una solada e passa tuto".

Rivoluzionario

El mato la maschereta la ga vista solo per television e indosso ai altri: in poche parole mai comprada. Volontariamente. El "Rivoluzionario" no vol mai far longhi coi triestini, lui vol andar da solo contro le istituzioni, el vol atacar el sistema dal suo centro nevralgico. Xe una question ideologica la sua. No'l ga paura de gnente e no'l vedi l'ora che qualchedun in divisa lo fermi per improvisar improbabili paralelismi col golpe de Pinochet. El xe convinto che semo tuti controladi dal'INPS e che dentro ogni maschereta ghe sia un microchip 5G che ghe conta a Di Maio le volte che un magna sardoni in savòr. El "Rivoluzionario" gira col peto de fora pei bareti ripetendo l'adagio: "Te sa come se scrivi Giggggino? Con 5G. Sarà miga un caso?".

Psychomascherato

El mato ga la maschereta sempre su anca al'aperto. Finalmente el pol parlar solo, 'rabiarse solo, cantar solo, provar a veder se el se ricorda le parole de "La Cavala Zelante" solo, anca zigando senza che nissun lo vardi mal. Un sogno spetado da ani. El "Psychomascherato" gira ridendo per San Giovanni ripetendo al suo amico invisibile: "Stà tranquilo, nissun se ga inacorto de noi!".

Caro Diario,

la guera xe finida. O perlomeno cussì disi el virologo Zangrìlo in television.

"El virus da un punto de vista clinico no esisti più, xe diventà memele e no ghe sarà una seconda ondada".

No lo ga dito in triestin, ma te giuro che go sentì quel. Che ben ara. Xe dal tempo dela guera, quela vera, che no sento un politico cussì convinto e inquadrado.

A proposito, "Virologo" xe più de "Politico"?

No go ben capì se tuti i dotori xe d'acordo con lu', ma lassemo che le passi 'ste bele notizie una volta tanto. Verità o floce che le sia.

El sospeto che sia floce me vien quando el mulo Pepi, che tuto el sa, sto mese el ga deciso de zontar ancora bori per i lavoradori. Cussì, a gratis. No so se ala fine i 'riverà sul serio, ma el pensier almeno ghe xe. Poveri, 'sti lavoradori xe mesi che i se lamenta. No i vol serar le atività e li capisso... a chi ghe piasessi tornar povero? Però stavolta me sa che se devi, come se fazeva co iera casini grossi. E biso-gna contar qualche perdita.

Me ricordo ben la miseria: co ierimo fioi noi, ierimo talmente cisti che co ciapavimo el sol a peto nudo ne restava comunque el segno dela canotiera.

Ne ga servido, però. El virus questo secondo mi lo sa. No'l xe un vigliaco quel, el xe forte e vol com-bater coi più forti! No xe un caso che el Covid gabi atacado sopratuto noi veci, noi che a tuto gavemo savudo rinunciar senza girarse de l'altra parte.

Covid mio, noi semo i unici capaci de farte el mazo. Ricordite che ghe xe solo due maniere de inveciar: o el spirito vinzi sula carne o la carne vinzi sul spirito.

E, finida sta pandemia, te digo mi quale sarà la nova classe emergente: i veci.

Te pensi de gaverne fato fora, ma noi semo in tanti, ma cussì tanti che gnanche te sa. Se movemo pian, per scelta. Ocupemo lentamente tuti i posti importanti, semo sempre de più e sopratuto vive-mo sempre più.

E solo quando gaveremo ciapado in man tuto te faremo diventar un stupido rafredor e a quel punto la popolazion sarà libera de polarizarse in due fazioni contraposte: veci da un lato, e badanti dal'altro. La bataglia finale!

Caro Diario,

l'undise de giugno 'riva la Fase tre! Sarà tipo la Fase uno e la Fase due, solo la passeremo a Barcola.

Finalmente el Sindaco el verzi le aree zoghi, i centri estivi, i ricreatori e le Sale Scomesse. Insoma i fioi pol giogar dove i vol, anca coi cavai!

De no creder, i verzi anca i cine e i teatri per un massimo de duecento spetatori. No vedevimo l'ora de veder la Traviata serai in teatro con quaranta gradi fora, no?

E tra pochi giorni el Governo ga dito che riva una nova roba de scarigar sul telefonin che se ciama "Imuni". Servirà per saver chi xe malà e chi no. Tipo el campanel sula gamba ai lebrosi.

In 'sto caso el campanel el te sona nel telefono solo se te son vizin a un'impestà.

Ghe go domandado a mio fio de zercar sul'Internet el libreto de istruzioni e pareria che el sia composto solo da quattro righe, come se usa 'desso:

EL SAGIO NO SA GNENTE
EL COLTO SA POCO
L'IGNORANTE SA TANTO
L'IMUNI SA TUTO

.

Caro Diario,

notiziona de no creder: xe za do setimane che vado a corer in Giardin Publico! Tre minuti de riscaldamento, due minuti de corseta con anda turistica e altri dieci per ciapar fià.

Me ga ordinà el dotor: go bisogno de un poco de movimento da quando che i ga trovà che go el metabolismo. Po co' ste bele zornade de sol, e col fato che ogi ghe xe "solo" centotredise novi positivi, te vien propio voia de 'ndar fora.

Che bele notizie, no?

Go solo un poco de nervoso in stomigo per quela storia del documento de mio fio.

L'altra setimana, povero picio, el gaveva de rifar la carta de identità e alora el se ga messo in fila in Piaza Unità. No stago a scriver de tuti i pupoli che ghe el ga gavù, tra Covid, prenotazioni, igienizanti, guanti e mascherine... ma, savendo la situazion, el gaveva messo tuto in taio.

Bon, insoma, una volta 'rivado là, de punto in bianco e senza spiegazioni, quei del Comun no i ghe la ga voluda far! Giuro! No xe stado verso de convinzerle, ste crodighe!

E cussì me toca a mi portarlo lunedi. Xe l'unico modo per gaverla. Te ga capì ben, devo acompagnar mi mio fio in Comun! Pareria che anca a zinquanta ani sonai, el richiedente ga de presentarse acompagnado de su' mama in centro civico.

Giuro, con lui al banco, i xe stai categorici:

"Se la vol la carta de identità nova la ga de vegnir qua cola vecia".

E cussì lunedi 'ndaremo zo in due.

Inquadra il QR code per
vedere il quarto monologo
di Ariella Reggio

3 LUGLIO 2020

Caro Diario,

rivoio indrio i soldi de Capodano.

Da l'altro Capodano gavevo za messo i bori avanti per andar a Lopàro col CRAL, e ogi vegno a saver dala radio che un lole in Veneto, tornado dala Bosnia, el ga impesta' mezo Nord Italia. Tre festini e un funeral... ma no'l podeva star casa?

'Pena go sentì sta notizia me ga ciapà el stomigo, ma un mal de stomigo diverso dai soliti.

Un crampo diverso el mio: più che Covid-19, stavolta me sa che se trata de Cag-8.

Go paura sul serio! I gaveva 'pena riverto tuto! E 'desso per colpa de 'sto muss i sererà de novo. Pensa che i gaveva fin autorizado i brivèz a rimeter fora le riviste per chi 'speta. Pensa ti come semo messi!

Intanto un politico vestì de pompier in television ga dito che no ghe xe nissuna emergenza sanitaria in Italia.

A chi xe de crederghe?

GHE NE GAVEMO VISTE TANTE

Eh sì, caro Diario,

ghe ne gavemo viste tante.

Gavemo visto la crisi, el boom economico e dopo de novo la crisi. E co' l'andar dei ani xe diventà tuto coerente: solo crisi...

E quando gavemo leto del primo trapianto? E co i ga scoperto el vacino dela polio? Se pol ancora dir vacino o xe una bruta parola?

Gavemo visto tanti ani bisestili, ma 'sto ultimo ga volù esagerar.

Gavemo visto zio Babudri partir per l'Australia e zinquanta ani dopo gavemo visto l'Australia ciapar fogo.

Gavemo visto zente vardar la television e dir "...pezo de cussì no pol andar". E inveze...

Gavemo visto presidenti de tuto el mondo prima ciorne in giro e dopo darne ragion. A noi! Al'Italia! E quando ne ricapita?

Gavemo visto el Presidente dei Stati Uniti salvar el mondo dala malatia. Ma iera solo un film.

Gavemo visto Conte in television dirne de star casa.

Gavemo visto Mattarella in television dirne de star casa. Coi cavei longhi come Bobi Solo.

Gavemo visto zente serada in casa portar el can a far lulù a tute le ore.

Gavemo visto cani esausti cior la coriera soli per tornar casa. Te giuro, un iera sula trentatre con mi!

Gavemo visto quei senza can impararghe al gato a ciapar el frisbi coi denti... pur de andar in Giardin Publico.

Gavemo visto zente meter le scovaze in sacheti cussì pici. Per far più viagi.

Gavemo visto muli sul balador zigarghe ai veci che 'ndava a corer.

Gavemo visto muli in casa zigarghe ai veci che "... inutile che te insisti nono, no te va fora, stasera!"

Ghe ne gavemo viste tante tra i muri del quartier.

Gavemo visto zente serada in casa contar le matonele.

Gavemo visto zente serada in casa stravacada sul divano a comprar robe impossibili sule televendite. Anca mi ghe son cascada, no son 'rivada a resister.

Go dovù comprar le pinze per cavarghe el gambo ale sariese.

Caro Diario,

inizio estate, periodo de sposalizi.

Una volta in 'sto periodo se cioleva le straze, se andava del prete e po se scominziava a viver insieme a casa dei veci. Dei veci de ela, de solito.

Stamatina se gavessi dovù sposar Carmelina, ma la ga dovudo rinviar, povereta. El suo sogno xe quel de far una festa sule alte, cola fisarmonica e i ovi duri, alora ghe toca spetar che 'sta pandemia sia finida. La se sposerà con Livio, un mecanico riparator. Un matrimonio riparator, insoma.

Go solo paura de dimenticarme de ricordarghe a mio fio de ricordarme de comprarghe un bel regalo. Che la se ricordi per sempre de mi.

Pensavo a una zucheriera de argento. I vendi zucheriere belissime in Piaza Lipsia, el problema xe che là le costa un subisso. Sì, quela mi la ciamo Piaza Lipsia anca se no la se ciama più cussì da almeno de quando xe finide le Crociade...

Tanti loghi a Trieste se ciamava in un modo e 'desso i se ciama in un altro.

Piaza Oberdan, per esempio, nel quarantazinque soto Tito se ga ciamà Piaza Doberdàn. Ma solo per quaranta giorni.

Me go de scriver sul frigo: COMPRARE ZUCHERIERA DE ARGENTO.

Una zucheriera no xe una roba vardime-lassime, anzi me par un regalo assai costoso. Solo che no vegni fora dopo che i sposi pretendi anca el piatin o i cuciarini: che i magni col dedo!

6 AGOSTO 2020

Caro Diario,

sior Sonzogno del quinto pian, che el viagia sempre, el xe 'pena tornà de Londra e no'l pol gaver contati con nissun.

Ghe go lassà el brodo de bechi fora dela porta, povero.

El ga de star serado in casa quaranta zorni, ghe ga ordinado la Farnesina. E lu' ga obedì senza fiatar. Xe teribili le babe co le se meti!

Per farlo sentir in compagnia gavemo ciacolà qualche minuto atraverso la porta intanto che spetavimo che el brodo se rafredi. Più che ciacolar zigavimo, ma tanto no iera afari che nissun doveva sentir.

Lui ga savù dai albioni che l'America ga in taio un vacin e che i ne lo venderà a tuti tra qualche mese fazendose un fraco de bori. Secondo lu' de sto vacin doveremo 'diritura far diverse dosi, come l'antirabica. Co' una dose te pol andar in cine, con due dosi te pol andar in sauna e co' la terza dose se te starnudi te sanifichi la casa.

Ghe xe però in giro i convintoni contro el vacin che i xe za sul pie de guera. Sior Sonzogno del quinto pian, che xe un che viagia, el disi che in Albion i xe za divisi e che quei che no vol inoculcarse gnente i xe pronti per manifestar...

Quei che no i vol gnente per star meo i se ciama Novacs. E per la magior parte xe zente che ga un negozio che vendi lievito madre.

Quei che "el vacin al massimo una volta" i se ciama Monovacs. Sti qua inveze i xe disposti a vacinarse una tantum, perchè "lori sa come xe andade le robe e i xe convinti che el siero sarà sperimentale".

Dopo ghe xe una terza categoria, quei disponibili a due sponte che se ciama Bivacs. Lori no i ga un pensier ciaro sul perchè i faria "al massimo due": penso che sia quei che al Casinò de Sezana i zoga solo numeri pari.

E ala fine ghe sarà i Trivax. Le bobe. Oltre a vinzer un frulador, i poderà darghe del mona a tuti i altri. Insoma, concludendo, par che ghe sia più paura del vacin che de un virus scampà da un laboratorio cinese.

Caro Diario,

tuti contenti che i bala.

A Wuhàn i fa concerti in piscina e in Sardegna i xe tuti che bevi sprizeti. Qua de noi in parochia inveze i ga fato la tombola. Che bela idea la tombola, i gaveva anca la machineta spudabale.

Don Davide ga fato un feston e le suore ga vendudo tute le carteline. Un euro a cartelina e co' l'incasso i 'iuterà i poveri flautisti del Verdi che i gaverà de reimpararse a sonar el strumento sufiando co' la mascherina.

E ala Tombola chi podeva far zinquina? Mi!

Zinque numeri in sequenza: 33, i ani de Cristo, 77, le gambe dele donete, 11, la coriera pel Ferdinandeo, 64 i ani de Cosolini e 8, l'alegato otavo.

Co i ga zigà el numero oto me pareva che me s'ciopassi el cuor. Go de star più calma da quando el cardiologo me ga trovà il ventriloquo dilatato.

A fine serata, Don Davide xe vegnudo zo dal palcosienico, el ga controlà i numeri e i me ga regalà un picio respirapolvere. Quel pe'le fregole.

Ga solo 'sai cavo, sarà tre metri e me sa che me tocherà trovar un bubez capace de scurtar le prolunghe.

Una volta sti lavori li fazeva i feramenta in via Ghirlandaio, ma go ciamado un de quei per un preventivo stamatina e te sa cossa che el me ga risposto?

"Semo pieni de lavor, signora. Quanto costa el lavor dipendi dal tempo."

No go capì.

Se piovi costa de più?

Caro Diario,

l'estate finissi e la "curva dei contagi" purtropo aumenta.

I ga serà tute le discoteche e i ga messo colori improbabili ale Regioni. Per Telequatro i ga mostrà la cartina del'Italia e, vista da fora, la xe per bon un mismas! La Sardegna color zalo mossa de corpo, la Campania arancion melon, la Sicilia rosa panza de moniga, la Lombardia rosso brovada e el Friul verde velen.

Do xe le robe: o xe un fià zigaloni 'sti colori, opur go de andar sui copi a meter a posto l'antena del televisor.

E sto carneval sula cartina dovessi aiutarne a noi a capir meo come comportarse? Davanti a sto arcobaleno no gavessi capì gnente gnanche Giorgio Armani e su' fradel Emporio.

Caro Diario,

tra poco i riverzi le scole. Poveri, tra banchi co'
le rodele, mascherine e lezioni via computer chissà
cossa i 'riverà a studiar 'sti fioi.

Giastìn, el fio de mia nipote, oltre ala scola nor-
male el studia solfegio in Consultorio.

No go ancora rivado a capir come i fa a impa-
rarse musica per Internet, ma par che lui rivi.

Per la sua festa, crepi l'avarizia, ghe go regalà
una tromba del 1700 originale. Trenta ani che la
fazeva mufa in sofita. La gaveva comprada a Kla-
genfurt mio marì, povero, e i ghe gaveva assicurado
che la iera de Mozart.

"Nova de paca", i ghe gaveva dito.

Te credo, Mozart sonava la pianola!

16 SETTEMBRE 2020

Caro Diario,

go mandado una segnalazion al Picolo per la question dele cache dei colombi: altro che Covid, a Trieste con tuti 'sti sporchezi no se 'riva più a viver.

Son entrada in tabachin come un balin, nera de rabia e ghe go dito al mulo: "... Ciò, go de far un fac urgente al Picolo!".

El mulo stranì me fa: "Xe de far un facs?".

"Un fac. Basta uno intanto, de avertimento."

Mi ghe voio ben ale bestie, ma stavolta iera bisogno che qualchidun mandassi un ultimatum, anzi un penultimatum.

"Se no i finirà de far cache sui miei gerani, meterò le striche de Domopack per farghe paura e se no basterà, ciamerò el Sindaco. Firmato Jole Debegnac."

Me ga sentido tuto el quartier stamatina che zigavo. I colombi, figurite, li go visti subito svolar via per primi e planar sul palazo de fronte. I fa i grandezoni solo perchè i sa svolar.

Gnanche i me vardava, i fazeva finta de no conosserme, 'sti tartaifel.

Sta atento, Diario: xe bestie 'sai inteligenti i usei, se no i gavessi testa no i gavessi quela mira.

'Pena 'riva l'inverno me sa che me farò el vacin anca per le malatie dei colombi, tanto Spiffer disi che entro fine otobre i farà vacini per tuto. I sta za lavorando come mati.

I xe obesi de lavor.

30 SETTEMBRE 2020

Caro Diario,

ogi ala Salus i me ga cavà un neo sul glutine. Podevo scriver "cul", ma son una Signora.

Oltre a restar casa, da ogi no posso gnanche star sentada, ma poco mal: ala fine trovo sempre cossa far. E me fazo domande. Perchè, ciolti due vaseti de lentichie in smoio da 400 grami, in un i meti 2578 lentichie e in quel'altro 2584?

Se conto i legumi no vol dir che me anoio!

Pensa che in sto periodo me son messa fin a cusinar! Me ricordo ben el dietologo che due ani fa el me ga dito: "La ga de tornar a cusinar a casa..."

Ecome qua, femose tuto a casa.

No me vien gnanche grando stimolo de andar fora a magnar, son onesta: da quando drio ai banconi in osteria i xe obligadi a lavarse le man, el parsuto in crosta ga tuto un altro gusto.

Po 'desso tuti i locai xe imbotidi de 'sti deodoranti, de 'sti sanificanti... no i ga capì che la spuza de frito xe sempre la stessa?

Al massimo dopo el Covid, co te entri in local te senti odor de jota ala lavanda.

Meo star casa serada coi sienegiati TV. Me son apassionada de quela napoletana "Còogoma e Gomora".

No capisso una parola, ma ghe xe una puntata girada a Trieste. Sempre un'emozion veder la mia Trieste per television, anca se no capisso come che ga fato el bandito a vignir fora del'Hotel Savoia e trovarse subito a Palazo Gopcevich.

'Sti napoletani ne la caza sempre.

Inquadra il QR code per
vedere il quinto monologo
di Ariella Reggio

Caro Diario,

se amala tuti, xe pezo de prima! Tramp, Melania, Berlusconi e Lidia del'ortofruta in Ponziana. Tuti, poveri, i ga ciapà una bela petenada, trane Tramp che xe l'unico alergico al petine. Lidia invece la me ga ciamado a casa per avertirme: gnente radicio per una ventina de zorni.

Eh sì, scominzia per bon l'inverno e via, de novo tuti seradi in casa.

Strana xe stada sta estate, me dispiasi solo per l'abronzadura: son tuta bianca. Ieri me son indormenzada davanti al televisor e me son ciapada l'insolazion. Sucedi de indormenzarse in posti strani, de veci ciapa sono prima. E dopo no se dormi. Me son sveiada sul divano rossa come un cruco a Grado.

A proposito, son stada 'sai poco al bagno questa estate. Un poco no se podeva e un poco te passava per bon la voia. Eco, al massimo me metevo sul pergolo co' la sdraio, ma sconta. No sia mai che qualche pedofilo me cuchi col binocolo.

No xe stada un'estate questa: al Pedocin prima i ga minacià el plexiglas fra le sdraio, dopo i ga dichiarà de meter i numereti per 'ndar in aqua, tipo del bechèr.

Le poche volte che me son mossa de casa son andada al Bivio, perchè là i xe 'sai atenti ale regole sul distanziamento: se te domandi un ombrelon de Sticco i te da un a Grado Pineta.

No xe un mal che no sia un ben, devo dir, par che tute 'ste regole gabi servì almeno a educar la zente. Finalmente a Barcola i ga capì che el sugaman se pol anca meterlo a zinque metri dal mio, no cori distirarmelo sul pasticio.

Caro Diario,

ecola, seconda ondada piena e novo dipicieme. Me sa che i rissera tuto: bar, ristoranti, scola. Tuto smartuorchin. Meno che la palestra qua soto, che i la riverzi e el teatro che sta metendo fora la stagion.

Bela notizia, ma perchè certi sera e certi no? Forsi perchè palestre e teatri xe posti che fa ben, un al corpo e un ala testa?

"Mensana in corpo resano", diseva quel.

No che me interessi, ma no go ancora capì come se possi eventualmente entrar in teatro in 'ste condizioni. Mio fio disi che i meti venti posti al massimo, che i sera le galerie e che bisogna gaver una temperatura corporea dai 28 ai 32 gradi senò i te porta via co' l'ambulanza.

Comunque tuti distanti, come se disi in 'sti casi? "Divisi secondo le normative", insoma inveze che star 'tuti tacadi, se sta sentai un sì e un no, overo "un dente e un spazio".

Gnanche mal se te pensi che se pol adiritura distirarse su do sedie.

E se te vien de stranudar te starnudi nel gomito. Se te ga de tossir, uguale! Insoma un silos de microbi diventa 'sto comio!

Per no saver né leger né scriver, mi se fussi costreta a entrar in teatro, andassi solo ala replica de dopopranzo: el coprifogo xe de sera, questo vol dir che prima dele sie el virus no taca.

Me imagino za la fila al'entrata del Bobbio per farse misurar la febre, l'infermier che prima el sbrega el bilieto e dopo el te conza el termometro. Soto el scaio, se spera.

Mia nona, bona dona, saria stada la soluzion. Siora Itala, alta un metro e quaranta, mai un soriso, quando la me pozava la boca sula fronte la diventava meo del mercurio. Altro che termoscanner.

La spalancava i oci e la zigava: "trentoto meno tre!" (che poi saria "trentasete e sete" ma dito cussì xe 'sai più dramatico).

No la sbaiava de un grado!

E se i metessi diese none tipo la mia al'entrata de ogni teatro? I teatri stassi in regola e i scominzeria tuti puntuali. Me sa che go trovà la soluzion! A Trieste no ne manca né teatri né none.

Ala fine del spetacolo, per saludarse basterà ricordarse che sarà bandidi basi e abrazi. Bisognerà saludarse de lontan, solo tocarse i gomiti!

Quei gomiti dove gaveremo starnudì per un'ora e meza...

Caro Diario,

da ogi esisti tre Italie: fassa zala, fassa arancion e fassa rossa. Come un semaforo, insoma, ma senza el verde.

Par che no sia contemplà el fato de star tranquili. El mulo Pepi ga diviso l'Italia cussì, e la Spiffer disi che i ga un vacin che funzia anca a massa. E anca el vacin Dona Moderna disi che i ga un che sbrega i baloni.

Onesta? Mi no vedo l'ora che i 'rivi.

In giro par de esser in un film western, anca per ciapar un autobus. Stamatina gavevo la visita de l'oculista. Sola in bus ale sete de matina. Tuto svodo. E 'desso dove me sento?

Go zerca' un posto in mezo... qua i me dà sicuro dentro coi zaini... forsi meo vizin de l'autista? No. Qua de sicuro tuti me domanda de timbrar. Alora zerco un posto in fondo al bus, come quei che fa casin. Ma sì, in fondo! Ghe xe tanto de quel posto là, che pozo fin la borsa sul sedil vizin. E me stravaco! Quando mai gavessi podudo prima?

Dopo la galeria monta un poca de zente. Ostia, questa no me l'aspetavo. Una veceta la monta e la me fissa, col mus de sepa. Prima o dopo sicuro la mola el nero. Perchè la me varda cussì?

Un altro mato tuto distinto el monta. El me varda e scassa la testa. Ciò, ma che problemi te ga? Muli, posso dirve? Prima de la pandemia no ieri ben, ma 'desso me par che sia tuto anca pezorado!

Monta un muleto col rucsac... e me varda de sbiego anca lu'! Ma cossa go fato? Go la maia maciada? Va ben, meto la borsa sui zenoci, cossa sarà mai... tanto no xe che podemo sentarse vizini, eh?

E tutintun realizo: la maschereta. Me son dimenticada la maschereta.

Fazo finta de zercarla in borsa... me coverzo el muso con la maia... fazo finta de vardar el telefono. Spento, no go bateria.

Odìo, l'unica roba de far, xe dichiarar l'eror e ciapar tempo. Intanto che vado verso l'uscita. L'autista me varda pel speceto e el me impira i oci. Anca lu'!

"Smonto ala prossima!"

Toco Piaza Goldoni e coro. Sicuro trovo una farmacia verta... ecola sul canton!

"Dotoressa, la ga una maschereta?"

"Sì Signora, gnanche domandar, xe 'pena rivade. La vardi che bela: maschera nera sfoderabile, elegantissima, antismog, antivirus, antipoline, antibateri, antibiotica, PD10 con ultrafiltri al carbon ativo. Trentasie euro e senza la tessera perchè no xe una spesa detraibile fiscalmente purtropo. Dismentigavo che go solo pachi de zinque che in tuto fa zentotanta euro. Contanti o Bancomat?"

Completamente mati, me giro e li mando sul muss. Una drogheria? Sicuro i ga una! Coro tra i taxi come una ladra e 'rivo zo del droghier.

Dal fondo del negozio el vecio me ziga: "No la provi a entrar. No se entra senza maschereta!"

"Ma, me servi una maschereta, xe quel che volevo comprar!"

"Ferma o xe subito multe. No la entri, no voio saver gnente!", me fa el veceto.

E me arendo.

Ale oto de matina, con zinquanta centesimi, l'unico negoziante che vendi una maschereta lo trovo in Borgo Teresian.

Ma el xe de Wuhàn.

8 DICEMBRE 2020

Caro Diario,
ogi i albioni ga fato la prima dose de vacin.

Data storica. Ale sie e trentaun de matina, 'sta povera veceta rossa de cavei la se ga vacinà con Spiffer. Chissà che emozion, chissà che vestito la se ga messo! I te vedi meza nuda, bisogna decider ben cossa meterse prima dela sponta!

Mi me gavessi messo el regipeto e la maieta rosa de nona. O el combinè. Dal francese combinéson. Eh, ierimo un porto noi, gavemo tante parole noi de altre lingue, come caregòn, marangòn, mine-stròn. Tuto dal francese 'riva.

Sarà de prenotarse presto anca de noi per far el vacin, me ga dito mio fio ieri via Zum.

Zum inveze xe inglese. Tipo zuf, ma co' la eme. Adesso i muli fa tuto col Zum. I va scola col Zum. I lavora col Zum. I ciacola col Zum.

Anzi, no, i ciacola co' la ciat. Ciàt no xe inglese, xe furlan. Vol dir gato. I gati ciacola.

Vacinarse via Zum però no se pol, bisogna andar de persona.

Me sa che sarà de far 'sai file co sarà el momento! Tuti i muli corerà a vacinarse e i veceti col deambulator i 'riverà sempre ultimi.

Mi me piaseria el Dona Moderna, ma se xe de far Spiffer, femo. Son titubante su quel albanese, Estrazeniča, ma no discuto. Basta che i me vacini.

Caro Diario,

ieri go sentì che ad Albion i ga vacinà anca el primo omo e el se ciama Uiliam Sciekspir. So che no xe bel far preferenze con chi ga bori e chi no, ma li capisso. Me par giusto tutelar le persone importanti.

Lo go visto per television, imperturbabile come sempre, pronto per farse la sponta. Con la barbeta, come nei libri. Pensavo che el disessi qualcossa de poetico, inveze gnente.

Spetemo che se vacini anca Antonio, Cleopatra e Ledimacbet, anca se me sa che a ela ghe tocherà per ultima.

Tra l'altro Sior Sonzogno del quinto pian, che xe un che viagia, me gaveva dito ani fa che l'opera "Ledimacbet" nei teatri de Albion porta pegola.

"Eco, siora Debegnac, ghe go portà per lei Ledimacbet de Sciekspir, la sua opera 'maledeta'. 'Pena la go vista in libreria la go pensada!"

Iera meo che no'l me pensava.

"La sa che atori inglesi, da ani e ani, co i recita Ledimacbet, i fa sempre un rito contro la sfiga? Prima de verzer el libro, per mandarla via ghe toca dir a ognidun tre volte una parolaza."

Ma pensa ti. Che roba, no? Solo per mandar via la pegola... monade de artisti!

Pensar che me xe capità in man quel libro propio qualche mese fa. Giuro! Prima che i pensassi de vacinar l'autor! Cussì, in sogiorno de casa. Zinque minuti lo go verto e dopo lo go messo via. Me ricordo anca el giorno, iera l'8 de marzo 2020...

MERDA MERDA MERDA!

Caro Diario,

e col Nadal 'riva i regali. Figuremose se 'sto ano no 'rivava la Nova Variante.

Le mie amiche che me telefona per saver se riveremo a vederse via Zum per la zena de Nadal... a parte el fato che per lore el zum xe la sigla de Canzonissima, ma cossa le ga in testa? Le xe mate?

Insoma per Nadal dovessi vestirme ben, 'pareciar la tola, cusinar el pasticio, verzer la botilia de spumante e festegiar cole vece che le me varda dal celulare? Ma no gavemo vissudo 'bastanza disgrazie 'sto ultimo ano?

Ieri son andada in lateria a San Giacomo e ghe iera un cartel con su scrito: "Tutte le mattine un vaccinato si alza e sa che dovrà correre più velocemente della variante".

No me ga fato rider e per farghe dispeto go pagà un litro de late col bancomat cussì gaverò el Chescbek. El mulo Pepi praticamente el te torna un fraco de bori se te paghi col bancomat. Qualsiasi spesa, anca un pacheto de fave. Xe utile 'desso che riva Nadal e che gaveremo tuti un fraco de spese... o forsi no?

Per far el Chescbek però te ga de gaver el SPID.

El SPID in pratica xe una App, cioè una roba che te scarighi sul telefono e che funziona se te ga IO. E IO xe un'altra App dove te vedi el Chescbek. E in IO te entri con SPID.

Insoma per usar IO ghe vol gaver le App.

Per gaver le App te ga de gaver la SPID.

Per gaver la SPID te ga de gaver el PIN.

Per gaver el PIN ghe vol el tavolo. Per far el tavolo ghe vol el legno e per far el legno ghe vol l'albero.

Come co' le varianti, stesso discorso!

Desso le varianti le se ciama "inglese", opur "sudamericana"... e chi te disi che la vien veramente de quel posto là? No so, per mi bisognassi darghe ai malani dei nomi generali, anca cocoli possibilmente; se podessi ciamarle Nevio, Vinicio o Loredana.

"Massima allerta da parte del Governo per l'arrivo della Variante Tullio".

No xe più bel?

Tuto molto più digeribile e simpatico.

Le disgrazie no andassi viste cussì nere come le vedemo noi: le disgrazie, se ghe pensemo ben, dovessi servir a far sparir odi e gelosie e adiritura per alimentar dela sana solidarietà.

Xe cussì dificile volerghe mal a qualchidun una volta che el xe cascà in disgrazia! Xe come se fussi una tendenza del'omo quela de trovar sempre nele disgrazie dei altri le propie colpe e, al'oposto, quela de no rivar a veder nele disgrazie propie gnente se non un caso del destin.

Vardemo 'sto fato dele varianti. Vien fora una ogni setimana... e noi là a stupirse. No riveremo mai a abituarse, sopratuto perchè gavemo sempre l'ilusion che quela 'pena rivada sarà l'ultima e quela pezo de tute.

Bon mi intanto preparo sto pranzo de Nadal via Zum.

L'unico auspicio che me fazo, no xe tanto che tuta 'sta bruta situazion possi finir, quanto che in sti giorni me sbrissi un specio de man.

Pegola o no pegola, almeno gaverò davanti sicuri altri sete ani!

25 DICEMBRE 2020. NADAL.

Caro Diario,

"Nessun posto è bello come casa mia", diseva Giudi Carla nel Mago de Oz.

Sola in casa. Quasi quasi rimeto de novo la VHS. Lo go visto tre volte ogi. Capolavoro. Mai de meo, un Nadal passado con un spaventapasseri, un omo de lata e un leon.

Filmon come quei che i fazeva una volta, tipo Via Col Vento, non a caso col stesso regista. Se capissi che el mato gaveva manigo! Pensa, caro Diario, che mi Via Col Vento lo go visto nel cinquantuno in cine. Ma iero picia, eh?

El Mago de Oz però xe 'sai diverso... a partir dal fato che xe un Miusicol.

In pratica i atori i ciacola e co la trama comincia a scantinar i taca a cantar per far zuf. No se sa perchè, ma funzia, ralegra e no indormenza. Dovessi esser cussì la vita de quela stufadiza dela Siora Blasizza, anca se no me la vedo a balar el tiptap co' l'osteoporosi.

Nei Musical i fa robe de no creder.

Se xe a scola e dal gnente taca la musica rock. Gris el Musical.

Se xe in Grecia e dal gnente taca la musica disco. Mama mia el Musical.

Se xe a Sant'Ana e taca la musica samba. Santana el Musical.

Musiche tute registrade prima e i atori contenti che canta per finta.

Comunque no go ancora capì 'sta Giudi Carla: dove la ga trovà tuti quei nani? Ara che trovar quaranta nani dal gnente per far un film xe pan duro!

El Spaventapasseri po, indimenticabile. Grande ator. Nissun sa come el se ciama sul serio, el mato ga fato solo quel.

Giudi Carla durante el film la ghe ziga sempre a tuti: al can, ai parenti, al Mago, ala striga. La ripeti che la vol tornar casa dove tuto xe bianco e nero. Per farla star bona el Mago de Oz verzi la porta del pergolo, el fa vignir un'altra tromba de aria da Lignan e via che se torna a casa in mongolfiera! Basta Oz (che dal nome par una frazion de Sgonico).

Fenomenale Giudi, forsi più brava che bela. A dirla tuta, la ga un poco i denti in fora, povereta. Me son sempre domandada perchè ai provini no i ga ciolto Scirli Tempo.

Scenografie stupende: vernisi, cartapesta, carta crep, panolenci, baloni, balonzini, baratoli... per bon un sogno a oci verti, gnanche se te fondi Smolars con Marchi Goma.

Ogi se vedi lontan tre giorni che xe finte, anca se xe bele! La città de Smeraldo par Muja a Carneval... manca la banda de l'Ongia.

Va ben dai, in fondo xe un film del trentanove. I tedeschi invadeva la Polonia e i americani balava a Oz.

Giudi Carla ala fine torna in Kansas, contentissima de esser de novo serada in casa. Adìo colori. A Oz iera belissimo, tuto gioioso, ma evidentemente anca quel gaveva stufà.

La morale del film xe che star seradi in casa xe la meo roba. Anca senza dipicieme. Neri, zali, de destra, de sinistra, etero, omi e done: tuti serai in casa. Come in Kansas. Tuti uguali (per una volta!). Simpatici e antipatici, trapoleri e agenti de equitalia, astemi e imbriaghi tuti finalmente al stesso livel.

E co finirà el Locdàun, no gaveremo finì. Doveremo 'pena purificarse, doveremo riordinar el casin, doveremo contarse come che xe andada (con quel de Equitalia no, quel sa sempre tuto).

Se conteremo che el Covid ne ga fato ben. Se conteremo che el Covid ne ga fato diventar migliori. Se conteremo che el Locdàun ne ga fato capir che el vero valor dela vita xe el lievito. Se parleremo senza maschereta e lo faremo presto...

Ma sì, caro Diario, tanto sto virus no pol durar: xe roba cinese!

DIZIONARIO COVID - TRIESTINO

Ad uso esclusivo dei tergestini da almeno tre generazioni, che incontrano sempre maggiori difficoltà nell'analisi e nella comprensione degli articoli di cronaca.

ASSEMBRAMENTO: Caponera

COMPLOTTISTA: Contafloce (volg. Flociòn)

PRIMA ONDATA: Lola

SECONDA ONDATA: Repete

CONGIUNTO: Mauco

CONTAGIO: Scopola

CRISI: Cisti

DECRETO "CURA ITALIA": Ancora più cisti

DIMETTERE: Darghe el chèz

DISPNEA: Sòfigo

CONFERENZA STAMPA: Solita loica

CONFERENZA STAMPA DEL PRESIDENTE
CONTE: Loica del mulo Pepi

QUARANTENA: Star casa

EPIDEMIA: Ciodi

FASE UNO: Fase due

FASE DUE: Fase uno... iera identico

FOCOLAIO: Mismas

GUARITO: Refado

INFERMIERI: Strucabunigoli

MEDICI: Taiapanze

CARE GIVER: Bubez

TIMORE: Pipìu

LOCKDOWN: Bloca i manzi

PICCO: Sazia

RSA: Casa de veci

GREEN PASS: Tacomaco

SINTOMO: Magagna

SMART WORKING: Casa e botega

SOGGETTO A RISCHIO: Meza menola

POSITIVO: Magagnà

SINTOMI COMUNI: Alterazion

SINTOMI IMPORTANTI: Incandì

SINTOMI GRAVI: Inzinganà

VACCINATO: Conzado

COCKTAIL DI VACCINI: Missiot (fig. Sbrodighez)

VIROLOGO: Citadin

VIROLOGO IN TV: Colo grosso

JOHNSON & JOHNSON: Ugnolo

MODERNA: Cagamiracoli

PFIZER: Cruco

SPUTNIK V: Gnampolo

ASTRAZENECA: Ciompo

TAMPONE: Tampon

TAMPONE ORALE: Tampon nel gargato

VISIERA: Ongia

VIRUS: Tartaifel

Anni fa, chiesi a mia madre se nella sua famiglia scorresse per caso sangue ebraico. Da un lato c'era il desiderio da parte mia, di trovare un punto di contatto con Billy Wilder, pur se minuscolo. D'altro canto, determinati atteggiamenti di mia madre, troppo spesso me la facevano accostare allo stereotipo delle "yiddish mame": donne che, soprattutto nei confronti dei figli maschi, proseguono per la loro strada come schiacciasassi, interessate unicamente a percorrere quel preciso itinerario che loro stesse sanno di aver già tracciato, indipendentemente da altre considerazioni.

In realtà, a ben vedere, sono sostanzialmente le mamme triestine a comportarsi in questo modo. Se però frau Goldmann assume in pratica da subito quelle caratteristiche, la signora Ferluga ricopre quel ruolo ben preciso nella vita dei figli soprattutto quando essi diventano adulti.

Prima, li portano sul palmo della mano, ne esaltano ogni conquista anche minima vantandosi persino dei secondi posti ad un concorso. Poi, non si capisce per quale ragione, si trasformano: indipendentemente da un possibile matrimonio all'interno del quale c'è persino il rischio che trovino un'alleata.

La loro strategia è impeccabile. Osservatele, mentre fingono di farsi accompagnare dal figlio (che accanto a loro dimostra più anni di quelli che afferma la carta d'identità) al supermercato, in farmacia o in altri luoghi. Sembrano fragili e succubi, in realtà li comandano a bacchetta: ed anche in situazioni critiche, se mai possono, una frecciatina nei confronti del loro rampollo, la scagliano senza scomporsi più di tanto. E non solo all'esterno.

In casa è anche peggio. Nulla può scalfire il piccolo regno che le mamme triestine si sono create, nulla deve modificare i loro ritmi. Fatto salvo che, per loro, è un giuoco da ragazze sconvolgere quelli degli altri. In tal senso, è come se possedessero una sorta di radar. È domenica, vi siete appena seduti in poltrona dopo aver pranzato e vi rifugiate nel vostro rito festivo, ad esempio la lettura del giornale: neanche il tempo di arrivare al secondo concetto che vi arriva la telefonata (neppure vi chiedete chi ci sia all'altro capo del cellulare: perché, non crediate, li sanno usare, eccome se li sanno usare) per ricordarvi qualcosa che non avete necessità di ricordare perché fa parte degli obblighi di figlio. Tant'è: ritengono sia un loro compito preciso farvelo notare.

Le mamme triestine, del resto, fanno parte di quell'universo a parte composto dalle donne triestine; tradizionalmente emancipate, negli anni si sono potute permettere di fare cose che già a Palmanova erano ritenute sconvenienti ("Quella là, fuma per strada": mia zia, nata a Pola e vissuta a Santo Stefano di Cadore, moglie del medico condotto e quindi first lady del paese, considerava ciò come se fosse una delle trasgressioni più riprovevoli). Forti di tutto ciò, esse proseguono imperterrite schiavizzando chiunque passi loro accanto. Il marito (ove fosse ancora presente), è invitato a trovarsi gli hobby più strani a condizione che lo portino il più possibile distante da casa, e per il periodo più lungo possibile; i nipoti sono più che altro tollerati, tenuti in disparte essendo ben consapevoli che in capo a qualche anno diverranno nuove vittime cui guardare pregustando già il momento.

Eppure, è vero anche questo: che cioè questo modo di guardare la vita con un senso pratico altrove difficile da immaginare, riesce a volte a fare in modo che anche i problemi più grandi possano essere affrontati con una certa tranquillità sapendo che loro, le mamme, se non altro elaborano la loro soluzione e a quella si atterranno.

In fin dei conti, a questo punto conviene affidarsi a Carlo Goldoni e parafrasarlo quando, ne "I rusteghi", parlando fra l'altro proprio delle donne, dice: *"Ciolemole cussì come che le xe"*.

UMBERTO BOSAZZI
Giornalista, dpdf

RINGRAZIAMENTI

Grazie a mia molie Alberta che, essendo de Napoli, la fa sempre finta de rider co ghe fazo le batude in triestin.

Grazie a mia mama Lucia e a mio papà Claudio che i vien sempre in teatro a veder anca zento volte i spetacoli. E i ridi sempre.

Grazie a Dennis, mio fradel, che xe 'sai più bravo de mi sia nel dialeto sia a scriver.

Grazie ai miei cugini Stefano e Chicco, che lavorando in porto, i xe la mia finestra sula Trieste più divertente.

Grazie a zia Ivana, che da sempre xe la vera Jole Debegnac.

Grazie al mio eroe Diego Manna e a White Cocal Press per esserse prestadi a questa idea balzana: scriver un libro per Diego xe sta come sonarghe l'ukulele a Brian May.

Grazie al Maestro Anselmo Luisi per gaver gavudo l'idea de "El Chan de Trieste", per gaverla scrita con mi, per gaver otenudo l'aprovazion dala

Comunità Cinese e grazie sopratuto per esserme stado vizin in Locdàun e in malatia.

Grazie ai Sardoni Barcolani Vivi e sopratuto a Riccardo per le mile idee mone che el me manda generosamente via Whatsapp e che no go esità a meter qua dentro. Senza domandarghe, come i veri infami.

Grazie ad Umberto e a "Mame" per ricordarme sempre che la vita xe più divertente de qualsiasi serie tv.

Grazie a Livia, Diego, Enza, Bruno, Francesco, Roberto, Daniela, Maurizio e a tuto el Teatro Stabile La Contrada per gaver credudo in mi e in "Ottantena": progeto riuscido in un momento 'sai dificile.

L'ultimo grazie, quel più importante, va ad Ariella Reggio: una dona splendida, un'atrice potente e un'amica speciale.

WHITE COCAL PRESS
libri e morbin a Trieste

DIALETTO

Il dialetto nel Porto di Trieste (2021)
Nereo Zeper

I soliti veceti (2020)
Raimondo Cappai e Paolo Stanese

Le disgrazie del tran de Opcina (2019)
Diego Manna

The Origin of Nosepolis (2018)
Diego Manna

L'amor al tempo del refosco (2018)
Laura Antonini e Stefano Bartoli

Monon Behavior (2017)
Diego Manna

Radiodrammi di coppia (2017)
Alessandro Mizzi

Daghe (2017)
Ricky Russo

LE CICLOMALDOBRIE

Zinque bici e un amaro Montenegro (2015)
Diego Manna

Polska... rivemo! (2013)
Diego Manna e Michele Zazzara

Zinque bici, do veci e una galina con do teste (2012)
Diego Manna e Michele Zazzara

NARRATIVA

C'era una volta a... Triestewood (2021)
Andrea Martinis

Il sipario sul divano (2021)
Gianfranco Pacco

Edda leggendaria da Trieste lungo la via degli dei (2021)
Edda Vidiz

Trieste città dell'Oktoberfest (2019)
Dino Bombar

La magia di Trieste (2019)
Erica Bonanni

L'Osmiza sul mare (2016)
Diego Manna

MANUALI DEL MORBIN

50 cose da non fare in Friuli (2021)
Mataran

Trieste cinica - dal no se pol al no ga senso (2021)
Vile&Vampi

La smonta la prossima? - Una vita in corriera (2021)
Davide Destradi

50 cose da non fare a Trieste (2020)
Andrej Prassel

Meio un omo ogi e uno doman (2020)
Flavio Furian e Massimiliano Cernecca

Il manuale della boba de Borgo (2019)
Flavio Furian e Massimiliano Cernecca

Il libri des rispuestis furlanis (2018)
Felici ma furlans e Andrej Prassel

El libro dele risposte triestine (2017)
Andrej Prassel

Triestini e napoletani (2017)
Micol Brusaferro e Chiara Gily

STORIA
Vita a Palazzo Silos (2021)
Annamaria Zennaro Marsi

Trieste 1719: quando gli Asburgo scoprirono il mare (2019)
Edda Vidiz

Tergeste, dove regna la bora (2018)
Edda Vidiz

PUPOLI
Vox Pupoli (2020)
Vile&Vampi

La leggenda della Bora (2020)
Edda Vidiz e Bernardino Not

STRUCOLETI - per bambini
Laila impara el triestin (2021)
Nicole Vascotto

Strafanici per tuti i cantoni de Trieste (2021)
Cristina Marsi e Dunja Jogan

La trisnonna Clementina e la Risiera di San Sabba (2020)
Alessandro Slama e Roberta Zucca

Sisì, Ottone e la cantina musicale (2018)
Zita Fusco e Fabrizio Di Luca

SAN NICOLÒ - per bambini
Le zavate de San Nicolò (2021)
Cristina Marsi e Ingrid Kuris

San Nicolò e el pesseto gialo (2021)
Cristina Marsi e Ingrid Kuris

Le mudande de San Nicolò (2020)
Cristina Marsi e Ingrid Kuris

San Nicolò e i Krampus (2020)
Cristina Marsi e Ingrid Kuris

La bereta de San Nicolò (2019)
Cristina Marsi e Ingrid Kuris

STRAFANICI
Mati drio el balon (2021)
Giuseppe Vergara e Chiara Gelmini

Sua maestà Capo in B (2020)
Micol Brusaferro e Chiara Gelmini

Animali triestini e dove trovarli (2019)
Giulio Giadrossi e Chiara Gelmini

Inps factor - i veci de Trieste (2019)
Micol Brusaferro e Chiara Gelmini

Libero libera tutti (2019)
Francesca Sarocchi e Chiara Gelmini

Mirella Boutique (2018)
Micol Brusaferro e Chiara Gelmini

Ciacole al Pedocin (2016)
Micol Brusaferro e Chiara Gelmini

El Pedocin (2015)
Micol Brusaferro e Chiara Gelmini

GIOCHI
Fish n' Ships (2020)
Diego Manna e Roberta Zucca

Barkolana (2017)
Diego Manna e Erika Ronchin

FRICO il gioco per il dominio del Friuli Venezia Giulia (2015)
Diego Manna e Erika Ronchin

www.ingramcontent.com/pod-product-compliance
Lightning Source LLC
LaVergne TN
LVHW091544170726
843492LV00007B/2082